KB196105

풍선껌의 비밀

강제희 글 • 박현은 그림

내일도맑음

차례

풍선 타고
하늘 위로!

빨강과 파랑, 초록, 노랑.

알록달록 예쁜 풍선들이 하늘 위에서 춤을 추었어
요. 마치 천사들이 하늘을 건너가기 위해 수놓은 징검
다리 같아 보였어요.

팔을 쭉 뻗으면 손에 닿을 듯하다가 나를 놀리듯 풍
선들은 저 멀리 달아났어요. 그때였어요.

'쿠앙, 쿠앙.' 어디에선가 기분 좋은 감상을 깨는 소리
가 들려왔어요. 번개 같은 불길이 내 머리 위로 치솟고
있었어요. 화산처럼 강렬한 불을 뿜을 때마다 머리카

락이 다 탈까 봐 걱정이 되었어요.

불길이 더욱 화를 내며 치솟을수록 엄마와 나는 하늘에 더 가깝게 올라갔어요. 폭신폭신한 구름을 푹 퍼서 한 입 먹으면 얼마나 맛있을까 하는 생각이 들었어요.

처음에 엄마가 열기구 체험을 가자고 했을 때 나는 덜컥 겁이 났어요.

'그렇게 큰 풍선을 타고 하늘로 올라갔다가 떨어지면 어쩌지?'

하지만 쪼글쪼글한 풍선에 불길로 바람이 가득 채워지는 걸 보니 무서움보다는 신기한 마음이 더 커졌어요.

커다란 풍선 같은 열기구가 하늘 높이 올라갔어요. 마치 내가 하늘에 있는 손님에게 배달되는 택배 선물이 된 것만 같았죠.

"엄마, 하늘이 정말 예뻐요."

"정말 아름답다, 우리 유나처럼!"

엄마와 나는 손을 꼭 잡고 하늘을 올려다봤어요. 물감을 칠하듯이 하늘을 손으로 휘적휘적 저어도 보고, 눈부신 햇살을 잡아도 봤어요.

아래를 내려다보니 점처럼 작은 집들은 캐러멜 상자 같고, 나무는 이쑤시개처럼 보였어요.

열기구를 타지 않았다면 이렇게 아름다운 장면은 보지 못했을 거예요. 엄마를 따라오길 잘했다는 생각이 들었어요.

이토록 예쁜 세상에 살고 있다는 게 정말 행복하다는 생각이 들었어요. 학교에 가서 친구들에게 자랑할 생각에 나는 더 신이 났어요.

 뭐? 희원이가 없어졌다고?

다음 날 등굣길, 내 발걸음은 유난히 가벼 웠어요. 학교 정문에 들어서자 운동장 저 멀리서 윤 영이가 호들갑을 떨며 달려왔어요.

"유나야, 큰일 났어!"

"왜, 무슨 일인데?"

"희원이가 없어졌대."

"뭐? 희원이가 없어졌다고?"

윤영이의 말을 듣고 심장이 '쿵' 하고 내려앉는 것 같 았어요. 나는 한동안 멍했어요.

희원이는 둘도 없는 내 단짝 친구예요. 어제 열기구를 타고서 하늘을 날다 왔다고 가장 먼저 자랑하고 싶었던 사람도 바로 희원이에요.

나랑 희원이는 어린이집에 다닐 때부터 늘 함께 놀았어요. 같은 아파트에 살아서 우연히 만나는 일도 많았어요. 그런데 희원이가 없어졌다니요. 나는 팔다리가 떨어져 사라진 것만 같았어요.

나한테 아무 말도 하지 않고 희원이는 대체 어디로 갔을까요?

나 혼자 열기구를 타러 갔다고 희원이가 속상해서 숨바꼭질을 하는 건 아닐까요?

머릿속이 하얗게 물들었어요.

교실 문을 열고 들어가자 아이들이 삼삼오오 모여서 웅성대고 있었어요.

"유나야, 너 그 얘기 들었어? 희원이가 없어졌대."

"네가 희원이랑 제일 친하잖아. 어떻게 된 거야?"

"뭐 아는 거 없어? 가만히 있지 말고 말 좀 해봐."

금방이라도 눈물이 쏟아질 것 같은 내 앞에서 친구들이 떠들어 댔어요.

"제발 그만 좀 해. 유나가 제일 속상하지."

윤영이가 내 손을 잡아끌고 자리로 데려갔어요.

"유나야, 괜찮아? 그런데 희원이 말이야……."

윤영이가 무슨 말을 하려는데 담임 선생님이 들어오셨어요.

"아침부터 왜 이렇게 시끄럽죠? 모두 자리로 돌아가 앉아요."

강제희 선생님은 소란스러운 아이들을 자리에 앉히고 조회를 시작하셨어요.

"소식을 들은 사람도 있겠지만, 희원이가 어제 저녁에 갑자기 사라졌다고 해요. 혹시 희원이한테 연락이 오면 선생님에게도 꼭 알려 주세요."

“네.”

아이들은 걱정스럽고 불안한 눈빛으로 대답했어요.

나는 아무 대답도 하지 못한 채 눈물만 흘리고 있었어요. 눈물을 쓱 닦고 희원이 자리를 보았더니 희원이 대신 필통만 자리를 지키고 있었어요.

집으로 돌아가는 길에도 온통 희원이 이야기만 가득했어요. 다른 반 아이들한테도 소문이 났는지 모두 희원이 이야기뿐이었어요.

“야, 3학년 1반 민희원 알지? 걔 어제 없어졌대.”

“진짜?”

“근데 있잖아, 희원이가 사라진 자리에 풍선이 하나 놓여 있었대.”

“풍선?”

“하늘색 풍선이라고 하던데? 누가 풍선 준다고 해서 따라간 건 아닐까?”

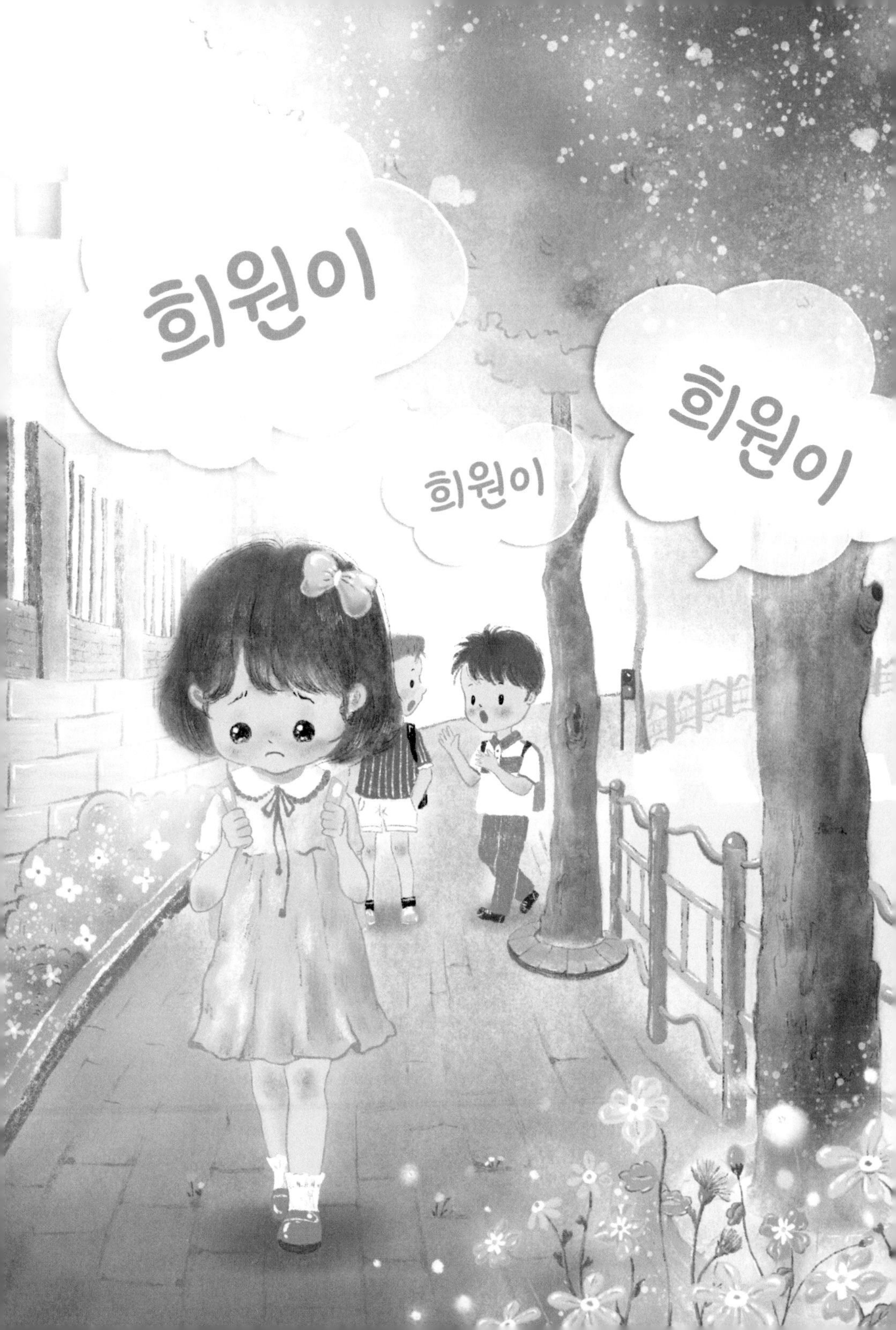
희원이
희원이
희원이

그 말을 듣는 순간 내 머릿속에 한 가지 생각이 떠올
랐어요. 나는 부리나케 집으로 달려갔어요. 그리고 현
관문을 열자마자 내 방으로 뛰어 들어가 서랍 속 상자
를 꺼냈어요.

　　도깨비 상자.

　　상자 속 풍선껌 두 개가 비어 있었어요.

　　'설마 이것 때문은 아니겠지?'

쉿! 이건 절대 비밀이야!

일주일 전이었어요. 쉬는 시간에 나는 윤영이랑 포토 카드를 가지고 놀고 있었어요. 그때 정민이가 우리 쪽으로 슬며시 다가오더니 말했어요.

"얘들아, 너희 그거 알아? 민수가 수학 시험에서 빵점을 맞았대."

흐흐, 나도 모르게 웃음이 새어 나왔어요. 하지만 꾹 참고 말했어요.

"민수가 속상했겠네."

"이건 절대 비밀이야! 민수가 나한테만 말한 거라고."

정민이는 우리만 알고 있으라면서 눈을 찡긋하더니 자리를 떠났어요. 나랑 윤영이는 민수 쪽을 한번 흘긋 보고는 다시 포토 카드를 가지고 놀았어요.

수업이 끝나고 나는 늘 그랬듯 희원이와 함께 집에 가고 있었어요.

"유나야, 오늘 뭐 재미있는 일 없었어?"

희원이가 물었어요.

"재미있는 일? 글쎄, 별로 없었는데."

그때 갑자기 정민이가 해 준 이야기가 떠올랐어요.

"아, 맞다. 근데 이건 진짜 비밀이라고 했는데, 희원 이 너니까 내가 말해 줄게. 비밀 지켜야 해."

"뭔데? 너무 궁금해. 어서 말해 봐."

"민수가 이번 수학 시험에서 빵점을 맞았대."

"정말?"

"절대 말하면 안 돼!"

"걱정 마. 아무한테도 말 안 해."

우리 둘은 민수한테 모른 척해 주자고 약속하고 집으로 향했어요.

다음 날이었어요. 교실 문을 열고 들어갔더니 민수가 책상에 엎드려 울고 있었어요. 그리고 옆에서 친구들이 민수를 달래 주고 있었어요.

"무슨 일이야?"

먼저 와 있던 윤영이한테 물었어요.

"누가 민수 수학 점수가 빵점인 걸 소문냈나 봐. 애들이 민수한테 너 진짜 빵점 맞은 거냐고 막 물어봤대. 설마…, 네가 말한 건 아니지?"

"난 아무한테도 말 안 했어!"

나도 모르게 거짓말이 툭 튀어 나왔어요. 어제 집에 가는 길에 희원이한테 말을 하긴 했지만, 희원이는 절대 소문을 낼 아이가 아니에요.

"근데 넌 누구한테 들었어?"

뒤에서 친구들이 작게 이야기하는 소리가 들렸어요.

"나? 희원이."

"어? 나도 희원이한테 들었는데!"

"나도, 나도!"

희원이가 친구들한테 소문을 냈다니! 믿을 수가 없었어요. 갑자기 눈물이 왈칵 쏟아질 것 같았어요. 눈물이 온몸을 집어삼켜서 도저히 수업에 집중할 수 없었어요.

희원이한테 너무 화가 났어요. 비밀을 당연히 지킬 줄 알았는데, 희원이는 대체 왜 소문을 낸 걸까요?

가장 친한 친구에게 비밀을 만들면 안 된다고 먼저 말한 것도 희원이인데, 왜 절친인 내 비밀을 안 지켜 준 걸까요?

자꾸 눈물이 날 것 같아서 나는 아무것도 할 수 없었어요.

방과 후, 강제희 선생님이 갑자기 나를 부르셨어요.

"유나야, 혹시 무슨 일 있니?"

내가 아무 말 없이 바라보자 선생님은 상자 하나를 쓱 내미셨어요.

"도깨비 상자네요."

도깨비 얼굴이 그려진 상자 뚜껑을 열어 보니 그 안에는 알록달록한 풍선껌이 가지런히 놓여 있었어요.

"만약에 말이야, 누군가의 비밀을 말하고 싶어지면 이 풍선껌을 불어 보렴."

‘내가 비밀 때문에 속상해하는 걸 선생님이 어떻게 아
셨지?’

놀랍기도 하고 그 말이 우스꽝스럽다고 생각되기도
했지만, 도깨비 상자가 꽤 마음에 들었어요. 알록달록
한 풍선껌도 먹고 싶었고요.

도깨비 상자를 가방에 넣으면서 선생님은 정말 이상
하다는 생각이 들었어요. 비밀을 말하고 싶을 땐 풍선
껌을 불라니, 재밌지 않나요?

나도 모르게 키득키득 웃음이 났어요. 웃다 보니 아
까의 속상함도 날아간 것 같았어요.

그날 학원 가는 길에 우연히 희원이를 만났어요. 나
는 화가 나서 희원이를 못 본 척하고 앞질러 갔어요.

"유나야!"

희원이가 나를 부르며 따라왔어요. 나는 희원이를
투명 인간 취급하며 앞만 보고 걸었어요.

"어제 일은…, 미안해. 내가 소문을 내려고 했던 게 아니야. 애들이 자꾸 나한테 수학 빵점 맞은 거 아니냐고 놀려서 아니라고 말하다가 그렇게 됐어. 너한텐…, 정말…, 미안해."

눈치를 보며 더듬더듬 말하는 희원이를 보니 한숨부터 나왔어요.

"아휴, 알겠어. 다음부터는 그러지 마. 네가 비밀을 말해서 나도 곤란해졌어."

"알겠어. 미안해, 진짜 미안해! 내 사과를 받아 줘!"

희원이는 기분을 풀어 준다며 탕후루 가게로 나를 끌고 갔어요. 달달한 탕후루를 한 입 먹으니 희원이한테 서운했던 마음도 조금 풀어졌어요.

"근데 유나야, 아까 선생님이 너한테 뭘 주신 거야?"

"아, 그거? 풍선껌이야!"

"풍선껌?"

"응, 풍선껌."

"어디, 나도 좀 보여 줘."

도깨비 상자 안의 알록달록한 풍선껌을 본 희원이는 하나만 달라고 졸랐어요. 탕후루도 사 줬으니 나도 희원이에게 원하는 풍선껌을 하나 고르라고 했어요.

희원이는 하늘색 풍선껌을 꺼내 들고 펄쩍펄쩍 뛰었어요. 희원이가 좋아하는 모습을 보니 나도 기뻤어요. 희원이와 헤어지고 나서 나도 하늘색 풍선껌을 꺼내 씹었어요.

그렇게 밝게 웃던 희원이가 사라졌다니, 희원이는 대체 어디로 간 걸까요?

이게 다
도깨비 때문이야!

희원이가 없어져 버려서 나는 그전처럼 학
교 가는 길이 즐겁지 않았어요.

"유나야, 희원이 때문에 속상해서 그래? 기운이 없어
보여."

"응, 그냥. 힘이 좀 없네."

윤영이의 걱정스러운 물음에도 나는 아무 말도 하고
싶지 않았어요. 수업 시간에도 연신 희원이의 자리만
힐끔힐끔 쳐다봤어요.

희원이의 존재를 잊은 듯 신나게 떠들어 대는 친구

들이 너무 얄미웠어요. 친구들은 희원이가 걱정되지도 않나 봐요.

쉬는 시간에 윤영이가 같이 종이접기를 하자며 옆에 앉았어요.

그때 정민이가 슬며시 다가왔어요.

"얘들아, 너희 그거 알아? 우빈이 아빠 가게가 망해서 우빈이가 멀리 이사를 가야 한대. 아무한테도 말하면 안 돼. 이건 절대 비밀이야!"

정민이는 소곤소곤 말하고서 화장실로 가 버렸어요. 나는 정민이의 이야기가 귀에 잘 들어오지 않았어요. 무슨 말을 들어도 내 머릿속은 온통 희원이에 대한 생각뿐이었어요.

점심시간에 밥을 먹고 나오는데 급식실 앞에서 우빈이와 명일이가 싸우고 있었어요. 그 주변을 아이들 여러 명이 둘러싸고 있었어요.

"무슨 일이야?"

"명일이가 우빈이한테 이사 가냐고 물었더니 우빈이가 갑자기 화를 내면서 소리를 지르더라고."

"우빈이 아버지 가게가 망해서 이사 가는 거냐고 물었구나."

나도 모르게 정민이가 비밀이라고 했던 말이 입 밖으로 튀어나왔어요.

"뭐? 우빈이 아버지 가게가 망했대?"

민수의 말에 친구들의 시선이 순식간에 나에게 향했어요.

"그게 무슨 말이야? 우빈이네 집이 망해서 이사를 간다고?"

"우빈이 아빠 가게가 망했다니!"

태민이랑 현승이가 큰소리로 떠들어 댔어요. 그 말을 들은 우빈이가 바닥에 주저앉아 눈물을 흘리며 울기 시작했어요.

저 멀리서 나를 쳐다보는 강제희 선생님의 뜨거운 시선이 느껴졌어요.

나는 가방에 있던 도깨비 상자를 꺼내 들고 운동장으로 향했어요. 그리고 빨간색 풍선껌을 꺼내 씹었어요.

'후' 하고 부니 빨간색 풍선이 커지면서 내 코끝에 닿았어요. 풍선이 커질 때마다 내 마음도 덩달아 커지는 느낌이었어요.

'내가 일부러 말한 것도 아닌데 왜 또 일이 이렇게 된 거야.'

나는 속상한 마음을 풍선에 잔뜩 담아 실어 보냈어요.

어느새 수업 종이 쳐서 교실에 들어가려고 하는데 윤영이가 뛰어나왔어요.

"유나야, 큰일 났어. 학교에 귀신이 붙은 것 같아."

"무슨 소리야, 갑자기 웬 귀신?"

"민수랑 태민이, 현승이가 순식간에 사라졌어."

"무슨 말이야? 조금 전까지 있었는데 왜 없어져."

"그러니까 귀신이 붙었다는 거지. 희원이도 없어졌잖아. 학교에 귀신이 붙은 게 틀림없어."

'이게 다 무슨 말인지…….'

교실 안은 웅성거리는 소리와 함께 빈자리가 여럿 보였어요. 밖에서는 선생님들이 모여 진지하게 말씀을 나누고 계셨어요.

태민이 자리 쪽을 힐끔 보니 뭔가 눈에 띄었어요. 나도 모르게 태민이 자리로 가서 의자 밑에 있는 것을 집어 들었어요. 바로 빨간색 풍선이었어요.

나는 설마 하는 생각에 현승이 자리에도 가 보았어요. 그런데 현승이 자리에도 똑같이 빨간색 풍선이 놓여 있었어요. 민수 자리도 마찬가지였어요.

나는 아무도 모르게 빨간색 풍선을 주머니에 집어넣었어요. 다행히 친구들은 아직 못 본 것 같았어요.

학교 수업이 끝난 후, 혹시나 하는 마음에 나는 희원이가 마지막으로 놀았다는 놀이터로 갔어요. 놀이터 구석구석을 뒤지며 희원이의 흔적을 찾아보았지만 아무것도 없었어요.

포기하고 돌아가려는데 미끄럼틀 아래 있는 무언가가 내 눈길을 잡아끌었어요. 그건 바로 하늘색 풍선이었어요.

하늘색 풍선을 집어 든 순간, 나는 갑자기 무서워졌어요. 윤영이 말처럼 귀신이 붙은 걸까요?

나는 학원도 가지 않고 집으로 뛰어와 방문을 잠그고

커튼 뒤에 숨었어요. 엄마가 문을 두드리며 무슨 일이 나고 물어도 대답하지 않았어요.

한참이 지난 후에 나는 가방 안에 든 도깨비 상자를 조심스럽게 꺼냈어요. 도깨비가 나를 놀리듯 웃고 있는 느낌이 들었어요.

이 도깨비 상자 때문이에요. 틀림없어요. 희원이가 없어진 것도, 친구들이 갑작스럽게 사라진 것도 다 도

깨비 때문이에요.

희원이가 없어지기 전에 나는 도깨비 상자에서 하늘색 풍선껌을 꺼내 씹었어요. 그리고 오늘 아이들이 사라지기 전에도 도깨비 상자에서 빨간색 풍선껌을 꺼내 씹었어요.

"학교에 귀신이 붙은 거야!"

윤영이의 말은 틀렸어요. 귀신이 아니라 도깨비에요. 도깨비가 재주를 부려 친구들을 데려간 거예요.

어쩌죠? 내 잘못인가 봐요. 친구들을 찾을 방법은 없을까요?

어쩌면 강제희 선생님은 좋은 방법을 알고 있을지도 몰라요. 도깨비 상자를 준 건 강제희 선생님이니까요.

차라리 내가
사라져 버렸으면…

나는 아침이 오기만을 기다렸어요. 아침 일찍 교실 문을 열고 들어가자 강제희 선생님이 깜짝 놀라 물으셨어요.

"유나야, 왜 이렇게 빨리 왔어?"

"선생님, 물어보고, 싶은, 게, 있는데, 요."

나는 숨이 턱 끝까지 차서 말이 제대로 나오지 않았어요. 선생님은 물을 한 잔 건네 주셨어요. 벌컥벌컥 물을 마시고서 나는 머릿속에 있던 말들을 다 쏟아 냈어요.

"선생님이 주신 그 상자 있잖아요. 그 도깨비 상자 때문이에요. 그것 때문에 친구들이 도깨비한테 끌려간 거예요."

"그게 무슨 말이니, 유나야? 천천히 말해 봐."

나는 그동안 있었던 일을 선생님께 다 말씀드렸어요.

민수가 빵점 맞은 걸 희원이한테 이야기한 일. 희원이가 사라진 자리에 남아 있던 하늘색 풍선. 우빈이 아빠 가게가 망한 사실을 친구들한테 말해 버린 일. 그 뒤 사라진 친구들과 빨간색 풍선까지 모조리.

강제희 선생님은 내 이야기를 다 듣고 나서 물으셨어요.

"유나가 궁금한 게 뭐야?"

"어떻게 하면 친구들을 찾을 수 있어요? 저 때문에 친구들이 사라진 것 같아요."

"방법은 선생님도 몰라."

강제희 선생님의 말씀에 나는 교실 바닥에 털썩 주

저앉고 말았어요. 선생님은 친구들을 찾을 방법을 아실 줄 알았는데 말이에요. 내가 어떻게 해야 친구들이 돌아올 수 있을까요?

친구들이 네 명이나 사라진 교실은 텅 빈 사막 같았어요. 단짝 희원이가 사라져 내 속마음을 털어놓을 사람이 없는 것도 속상했어요.

까불기는 했지만 민수와 태민이, 현승이는 재미있는 친구였어요. 그 친구들이 나 때문에 사라진 거라고 다른 아이들에게 차마 말할 수 없었어요.

내 마음속 풍선이 점점 커지는 것만 같았어요. 차라리 내가 없어져 버렸으면 좋겠다고 생각했어요. 그래요. 차라리 내가 없어지면 친구들이 돌아오지 않을까요?

나는 도깨비 상자에서 노란색 풍선껌을 꺼내 들고 운동장으로 나왔어요. 열심히 풍선껌을 씹고 나서 '후' 하고 풍선을 불었어요. 친구들이 다시 교실로 돌아오길 바라면서 눈을 꼭 감고 내가 없어지길 기도했어요.

"유나야, 너 뭐 해?"

윤영이 목소리였어요.

"윤영아, 내가 보여?"

"무슨 소리 하는 거야. 수업 시간에도 멍하니 있더니. 너 어제 잠 못 잤어?"

이게 어찌 된 일일까요? 분명 풍선껌을 씹었고, 풍선도 크게 불었는데 왜 나는 사라지지 않은 걸까요? 그럼 친구들이 사라진 게 도깨비 상자 때문이 아닌 걸까요?

다음 날이었어요. 강제희 선생님은 가면 만들기를 위해 모둠별로 앉으라고 하셨어요. 나는 윤영이와 정민이, 윤미와 같은 모둠이 되었어요.

선생님의 설명을 듣고 나서 우리는 모둠 활동을 시작했어요.

"어떤 가면을 만들면 좋을까?"

"나는 미술을 잘 못해서 자신 없는데."

"내가 도와줄게. 내 물감 같이 쓰자."

친구들이 떠드는 소리에도 나는 말없이 있었어요. 그때 정민이가 머리를 맞대 보라더니 말했어요.

"이건 진짜 비밀인데, 너희만 알고 있어."

정민이의 속삭임에 아이들의 눈이 반짝였어요.

"무슨 일인데?"

"현주랑 경일이 있잖아. 둘이 서로 좋아한대. 근데 엄마들이 알면 혼난다고 비밀로 하기로 했대."

"진짜야? 현주랑 경일이가 서로 좋아한대?"

윤미가 울먹거리며 정민이에게 물었어요.

"그렇다니까!"

갑자기 윤미가 '으앙' 하고 울음을 터트렸어요. 그러자 강제희 선생님이 놀라서 달려오셨어요.

"윤미야, 왜 울어? 무슨 일 있었어?"

"현주랑 경일이가 서로 좋아한다는 말을 듣더니 울

어요."

나는 사실 그대로 선생님께 말씀드렸어요. 윤미가 울어서 우리 쪽을 보던 친구들이 웅성대기 시작했어요.

"뭐? 경일이랑 현주가 서로 좋아한다고?"

"경일아, 진짜야?"

기민이와 경희가 경일이를 붙잡고 물어보기 시작했어요. 현주는 얼굴이 벌개져서 책상에 엎드렸어요. 경일이는 놀란 붕어처럼 입만 뻐끔거리고 있었어요.

교실은 순식간에 아수라장이 되었어요. 강제희 선생님은 아이들을 진정시켰어요.

"여러분, 다른 친구가 불편할 만한 이야기는 함부로 하지 않는 게 좋아요."

"선생님, 그거 유나가 말했어요."

동석이가 큰 소리로 내 잘못인 것처럼 말했어요. 다른 아이들도 일제히 나를 쳐다봤어요.

"그건 정민이가 말한 거야. 내가 아니라고!"

나도 모르게 소리를 지르고 교실 밖으로 뛰쳐나갔어요.

"내 잘못이 아니야! 내 탓이 아니란 말이야."

나는 운동장 미끄럼틀 속에 웅크리고 앉아 몇 번이고 말했어요.

처음부터 비밀을 말한 건 언제나 정민이었어요. 정민이가 민수의 비밀도, 우빈이의 비밀도, 현주와 경일이의 비밀도 모두 이야기한 거예요. 내가 말한 게 아니라고요.

그런데 왜 다들 나한테만 뭐라고 하는지 모르겠어요. 그리고 보니 친구들이 사라진 것도 내 잘못이 아니라 모두 정민이 탓이에요.

나는 혼자서 한참을 씩씩대다가 교실로 돌아갔어요. 다들 급식을 먹으러 갔는지 교실 안에는 아무도 없었어요. 나는 조용히 가방을 메고 학교 밖으로 나

왔어요.

엄마한테 혼날 게 뻔해서 집으로 갈 수는 없었어요.
터벅터벅 걷다 보니 어느새 놀이터 앞이었어요.

"희원아, 네가 없으니까 아무도 내가 속상한 걸 모르
는 것 같아."

연신 눈물을 흘리는데 배꼽시계가 울려 댔어요. 아
침부터 아무것도 먹지 못해 배가 너무 고팠어요. 가방
을 뒤져 봐도 먹을 게 없었어요.

나는 하는 수 없이 도깨비 상자에서 풍선껌을 하나
꺼내 들었어요. 내가 가장 좋아하는 초록색 풍선껌이
었어요.

풍선껌은 정말 재미있어요. 오물오물 씹다가 단맛이
모두 빠지면 풍선을 불 수 있어요. 작게 불었다가 크게
불었다가 크기도 내 마음대로 조절할 수 있죠.

풍선이 '펑' 하고 터지면 내 마음도 '펑' 하고 같이 터
지는 것 같아요. 우주로 날아갈 것처럼 커다란 풍선을

불 때마다 내 마음도 점점 편안해졌어요.

　그날 집에 돌아와서 엄마한테 엄청나게 혼나긴 했지만 말이에요.

도깨비 상자를 없애 버리자!

다음 날 학교에 가니 윤영이가 슬며시 다가 왔어요.

"유나야, 괜찮아? 어제 속상했지?"

"응, 조금······."

"그런데 말이야, 어제 또 아이들이 사라졌어."

"뭐라고?"

"기민이랑 경희가 없어졌대."

기민이와 경희의 자리를 보니 정말 비어 있었어요.

"벌써 여섯 명째야. 우리 반 25명 중에 여섯 명이나 없어졌어. 정말 귀신이 있는 것 같아. 언젠가 우리 차례도 돌아오는 거 아냐?"

윤영이는 귀신은 질색이란 듯 얼굴을 찡그렸어요. 그러더니 소곤대며 말했어요.

"근데 이상한 건 말이야, 기민이랑 경희가 없어진 자리에 초록색 풍선이 놓여 있었대."

"초록색 풍선이라고?"

번개가 내 머리를 치는 것 같았어요.

"윤영아, 그게 무슨 말이야? 자세히 말해 봐."

"기민이랑 경희가 어제 학교 운동장에서 놀다가 없어졌는데 그 자리에 초록색 풍선이 놓여 있었대."

"초록색 풍선이 확실해?"

잡아먹을 듯 무섭게 달려드는 나를 보며 윤영이가 고개를 끄덕였어요.

"유나야, 숨 막혀. 이것 좀 놓고 말해. 그런데 진짜 이상하다. 지난번에 희원이가 사라진 자리에도 하늘색 풍선이 있었다고 했잖아. 분명 귀신 짓이야.”

윤영이의 말이 맞는지 확인하고 싶었어요. 나는 서둘러 운동장으로 뛰어갔어요.

'설마, 아니겠지.' 하는 마음과 '어디에 있을까?' 하는 생각이 동시에 내 머릿속을 흔들어 댔어요. 나는 눈알이 빠질 듯이 매섭게 풍선을 찾아 헤맸어요.

수돗가 옆, 초록색 풍선 두 개가 고개를 빼꼼 내밀고 있었어요.

초록색 풍선을 집어든 나는 확신했어요. 도깨비의 장난이 분명했어요. 그런데 한 가지 이상한 점이 있어요. 지난번에 차라리 내가 없어졌으면 좋겠다고 생각해서 노란색 풍선껌을 불었을 때 나는 사라지지 않았어요.

그렇다면 친구들은 왜 또 사라진 걸까요? 도깨비의 장난이 확실한 것 같은데, 친구들을 찾을 방법을 알 수 없어서 마음이 더 답답했어요.

나는 초록색 풍선을 들고 교실로 돌아왔어요.

"유나야, 어디 갔었어? 한참 찾았잖아."

"그냥 운동장에 좀……."

"손에 든 그 풍선은 뭐야?"

"이게 말이지……."

나는 말을 하려다 입을 다물었어요. 윤영이까지 사라져 버릴까 봐 겁이 났어요.

이제 나는 아무 말도 할 수 없을 것 같아요. 내가 말을 하면 친구들이 또 사라져 버릴지도 모르니까요.

나는 책상 서랍에 넣어 둔 도깨비 상자를 손으로 만지작거렸어요. 어떻게 하면 친구들이 돌아올 수 있을까요?

집으로 돌아온 나는 하늘색 풍선과 빨간색 풍선, 초록색 풍선을 도깨비 상자에 넣었어요.

문득 도깨비 상자를 없애 버려야겠다는 생각이 들었어요. 도깨비 상자를 없애면 분명 친구들이 돌아올 거예요.

나는 저녁이 되기만을 기다렸어요. 그리고 작은 삽 하나를 들고 아파트 화단으로 갔어요. 나는 흙을 퍼내고 아파트 화단에 아무도 모르게 도깨비 상자를 묻었어요.

'이 나쁜 도깨비야, 내 친구들을 돌려줘.'

흙을 발로 꾹꾹 눌러 묻은 후에 혹시라도 누가 상자를 꺼내 갈까 봐 주위를 휙휙 살펴봤어요. 다행히 아무도 못 본 것 같았어요.

그날 밤, 나는 아주 무시무시한 꿈을 꾸었어요.

도깨비들만 사는 섬에 내가 서 있었어요. 친구들을 내놓으라고 소리쳤지만 도깨비들은 내 말을 알아듣지 못하는 것 같았어요.

"이 멍청한 도깨비 녀석아, 내 친구들을 내놓으라고!"

도깨비들은 서로 얼굴을 바라본 채 무슨 말을 하는지 모르겠다는 듯이 고개를 갸웃거렸어요.

그때 저 멀리서 빨간색 풍선이 두둥실 떠오르는 것이 보였어요. 민수와 태민이, 현승이가 빨간색 풍선 안에 있었어요. 친구들이 나를 향해 구해 달라고 크게 소리 쳤어요.

뒤이어 초록색 풍선이 나타났어요. 기민이랑 경희가

초록색 풍선 안에 있었어요. 친구들은 울면서 나를 향해 손짓했어요.

이상하게 희원이만 보이지 않았어요.

"내 친구 희원이를 내놔, 내놓으라고!"

울며 소리치는데 내 몸이 갑자기 구름처럼 떠올랐어요. 먹구름에 뒤덮이듯 나는 어느새 회색빛 풍선 안에 갇혀 있었어요.

"날 어디로 데려가는 거야. 내려놔! 내려놓으라고!"

나는 소리치며 눈물을 흘렸어요.

그때 눈물 사이로 하늘색 풍선이 아른거렸어요. 희원이었어요. 희원이는 걱정스러운 표정으로 나를 바라보고 있었어요.

"희원아, 내가 구해 줄게. 조금만 기다려!"

그런데 내 풍선과 희원이 풍선이 점점 멀어졌어요. 희원이는 내 손이 닿지 않을 만큼 저 멀리 날아가 버렸어요.

"안 돼! 가지 마!"

내 고함 소리에 회색 풍선이 '펑' 하고 터졌어요. 발밑
에는 지옥 불처럼 펄펄 끓는 용암이 흘러넘치고 있었어
요. '이제 죽는구나.' 하는 생각에 나는 발버둥 쳤어요.

"으악!"

꿈에서 깬 나는 온몸이 땀에 젖어 침대 시트까지 흥건할 정도였어요. 내 고함 소리에 놀란 부모님이 달려오셨어요.

"유나야, 나쁜 꿈 꿨니? 땀을 왜 이렇게 많이 흘렸어."

엄마가 땀을 닦아 주면서 걱정스러운 눈빛으로 나를 바라보았어요. 더 이상 이대로는 안 되겠다는 생각이 들었어요.

아침이 밝자마자 나는 다시 아파트 화단으로 내려갔어요. 그리고 흙을 파내 도깨비 상자를 꺼냈어요.

이제야 이유를 알겠어!

나는 도깨비 상자를 가방 안쪽에 쑤셔 넣고 학교로 향했어요. 교실 곳곳에 빈자리가 눈에 띄었어요. 꿈속에서 보았던 펄펄 끓는 용암 속으로 떨어지는 기분이 들었어요.

멍하니 서 있던 내 옆으로 정민이가 슬머시 다가와 말했어요.

"유나야, 너 그거 알아?"

나는 대답할 기분이 아니었어요.

"있잖아, 이건 너만 알고 있어. 명일이가……!"

나도 모르게 손으로 정민이의 입을 막아 버렸어요.

"정민아, 또 비밀이라면 나한테 말하지 말아 줘."

"뭐, 네가 듣기 싫다면 나도 말 안 할게."

당황한 정민이를 보자 미안한 마음이 들었어요.

"정민아, 풍선껌 하나 씹을래?"

나는 도깨비 상자를 열어 정민이에게 풍선껌을 골라 보라고 했어요. 삐진 듯한 정민이의 표정이 조금 마음에 걸렸거든요.

"와, 예쁘다. 정말 나 하나 주는 거야? 나는 초록색 풍선껌. 그럼 같이 먹자."

정민이는 초록색 풍선껌을 반으로 나눠 나에게 주고서 열심히 씹기 시작했어요. 풍선도 작게 불었다 크게 불었다 하면서 말이에요.

나도 함께 풍선을 크게 불면서 정민이가 말하고 싶은 비밀이 여기에 다 실려서 날아갔으면 좋겠다고 생각했어요.

그날 오후, 학원 앞으로 윤영이가 찾아왔어요.

"유나야, 너 그 얘기 들었어?"

"비밀이라면 사양할게. 난 안 들을래."

"아니, 그게 아니라 기민이랑 경희가 돌아왔대."

"뭐? 정말?"

"아까 문구점 앞에서 기민이 엄마가 그러시더라."

"어떻게 돌아왔대? 어디 있었대?"

"그건 모르지. 도깨비 꿈을 꾸었다는 말만 하더래."

"도깨비 꿈?"

나는 당장 확인하기 위해 기민이네 집 앞으로 찾아가 기다렸어요. 잠시 후 저 멀리서 기민이가 보였어요.

"기민아, 너 어떻게 된 거야? 어디 갔다 왔어?"

나는 기민이가 정신을 못 차릴 정도로 폭풍 같은 질문을 쏟아 냈어요.

"너 내가 많이 보고 싶었구나, 하하하."

밝게 웃는 기민이를 보니 마음이 가벼워졌어요.

"대체 무슨 일이 있었던 거야?"

"그게…, 내가 운동장에서 경희랑 놀고 있었거든. 그런데 갑자기 몸이 둥실 뜨더니 우리가 풍선 안으로 들어간 거야. 그러더니 어디론가 떠나갔어."

"그럼 어떻게 돌아온 건데?"

"모르겠어. 그런데 기억나는 건 있어."

"그게 뭔데?"

"풍선을 타고 가다가 도깨비를 봤어. 그 도깨비가 활짝 웃더니 우리 풍선을 도깨비 방망이로 '뽕' 하고 쳐 주더라. 그리고 나서 집으로 돌아온 거야. 진짜 도깨비 꿈을 꾼 것 같아."

"그랬구나. 신기하네."

기민이와 대화를 하는 동안에도 내 머릿속에는 많은 생각이 떠올랐어요.

'기민이와 경희는 돌아왔는데 왜 다른 친구들은 돌아오지 않는 거지……'

다음 날, 쉬는 시간마다 경희와 기민이 옆에 친구들이 찰싹 달라붙어 질문을 쏟아 냈어요. 강제희 선생님이 들어오고 나서야 겨우 조용해졌죠.

나는 수업 중에도 돌아오지 않은 친구들의 빈자리를 흘끔흘끔 쳐다봤어요. 기민이와 경희처럼 다른 친구들도 빨리 돌아왔으면 좋겠다는 마음이 간절했어요.

"기민이와 경희가 돌아왔으니 우리 파티를 할까요?"

선생님의 제안에 모두가 신나게 박수를 쳤어요. 우리는 다 같이 그림도 그리고, 알록달록 색종이를 접어 교실 벽도 꾸몄어요. 그러다 갑자기 친구들이 풍선을 꺼내 불기 시작했어요.

"풍선은 안 돼!"

갑작스러운 내 고함 소리에 모두의 눈이 내 쪽으로 향했어요.

"무슨 일이니, 유나야?"

강제희 선생님이 걱정스러운 눈빛으로 물어보셨어요.

"풍선은 절대 안 돼요. 친구들이 또 사라질지도 모른단 말이에요."

나는 울음이 터져 멈출 수가 없었어요. 친구들이 풍선을 불게 놔둘 수는 없었어요. 누군가 또 사라지면 어떻게 해요.

강제희 선생님은 나를 복도로 데리고 나가셨어요.

"유나야, 친구들은 사라지지 않을 거야. 그러니까 걱정 마."

"선생님이 그걸 어떻게 알아요. 도깨비가 친구들을 데려갔단 말이에요."

"선생님도 유나처럼 경험해 봤으니까."

'경험해 봤다고? 선생님은 분명 방법을 모른다고 했는데?'

"친구들이 왜 사라졌는지 유나는 생각해 봤니?"

"풍선껌 때문이에요. 제가 풍선껌을 불면 친구들이 사라져요."

"풍선껌을 불기 전에 유나가 뭘 했는지 잘 생각해 보렴."

'내가 한 일?'

그럼 풍선껌을 불어서 친구들이 사라진 게 아닌 걸까요? 풍선껌을 불기 전에 대체 내가 뭘 했을까요?

윤영이와 집으로 돌아오면서 나는 곰곰이 생각해 봤어요. 윤영이가 내 등을 툭 칠 때까지 말이에요.

"유나야, 무슨 생각을 그렇게 해?"

"아무 생각도 안 했는데?"

"지금 얼굴에 고민 있다고 다 쓰여 있어."

"그래? 그냥 좀……."

"있잖아, 정민이가 아까 또 나한테 비밀을 살짝 말하더라. 그런데……."

"비밀? 그래, 그거야!"

윤영이의 말에 번뜩 생각이 스쳤어요. 나는 윤영이가 부르는 소리를 뒤로하고 냅다 집으로 뛰어갔어요.

바로 '비밀'이었어요. 내가 정민이한테 들은 비밀을 말했기 때문이었어요!

친구들이 사라신 건 결국 나 때문이었어요. 풍선껌 때문이 아니었던 거예요. 그럼 비밀을 말하지 않으면 친구들이 돌아올 수 있을까요?

도깨비에게 쓴 편지

나는 집으로 돌아와 도깨비 상자를 꺼내 보았어요.

도깨비와 눈싸움이라도 하듯 한참 동안 도깨비 상자를 뚫어지게 쳐다봤어요.

잠시 후, 나는 책상 서랍에서 예쁜 편지지를 하나 꺼내 편지를 쓰기 시작했어요.

진심을 꾹꾹 눌러 담아 한 글자, 한 글자 정성 들여 써 내려갔어요. 도깨비가 내 소원을 들어줄지는 잘 모르겠지만 말이에요.

도깨비 님께

안녕하세요. 전 하늘초등학교에
다니는 원유나 예요.
도깨비 님께 정말 특별한 부탁이
있어서 편지를 쓰게 됐어요.
저 때문에 친구들이 사라졌어요.
도깨비 님이 데려가신 것도 다 알아요.
제가 비밀을 말했기 때문이죠?
비밀은 누군가와의 약속인데 중요하게
생각하지 못했어요.
앞으로는 약속을 잘 지키는 사람이 될게요.
도깨비 님, 제발 친구들을 돌려보내
주세요.

어쨌든 아무것도 하지 않는 것보다는 무슨 일이든 해 보면 좋잖아요. 도전하지 않으면 아무런 일도 일어나지 않으니까요.

나는 편지를 곱게 접어 풍선껌 위에 올려 두고 도깨비 상자를 닫았어요. 그리고 기도했어요. 제발 내 친구들을 돌려 달라고 말이에요.

그날 밤, 나는 머리맡에 도깨비 상자를 놓고 잠이 들었어요.

"유나야!"

희원이 목소리였어요.

"희원아! 너 어디 갔었어! 내가 얼마나 걱정했는 줄 알아?"

희원이는 펑펑 우는 나를 안아 줬어요. 희원이의 따듯한 손길에 얼어붙은 몸과 마음이 스르르 녹는 것 같았어요.

희원이는 도깨비 동굴로 나를 데려갔어요. 그곳에서는 도깨비들이 옷도 팔고, 솜사탕도 팔고 있었어요. 학교도 있고, 문구점도 있었어요.

희원이는 나를 데리고 탕후루 가게로 들어갔어요. 그리고 내가 좋아하는 딸기 탕후루를 건네며 환하게 웃었어요.

달콤한 탕후루를 한 입 깨물어 먹으니 긴장이 풀어졌어요. 희원이에게도 한 입 먹어 보라고 내밀었는데, 글쎄 희원이가 보이지 않았어요.

"어디 갔지? 희원아!"

아무리 불러도 희원이는 없었어요. 도깨비들만 나를 이상하다는 눈빛으로 쳐다볼 뿐이었어요.

정신을 차려 보니 꿈을 꾼 것이었어요.

나는 잠이 덜 깬 채 머리맡에 둔 도깨비 상자를 열어 보았어요.

편지는 그대로 놓여 있었어요. 도깨비가 내 편지를 보지 못한 모양이에요. 나는 체한 것처럼 가슴이 답답했어요.

왜 희원이만
안 돌아오는 거야!

학교에 가서 나는 교실로 가지 않고 운동장
으로 향했어요. 운동장에 혼자 가만히 앉아 있는데
땅이 꺼져라 한숨이 나왔어요.

나는 도깨비 상자에서 풍선껌을 아무거나 하나 꺼냈
어요. 빨간색 풍선껌이었어요.

빨간 풍선이 점점 커져 '펑' 하고 터지면서 얼굴이 온
통 풍선껌으로 뒤덮였어요. 기분 좋아지려고 풍선껌을
씹었는데 도리어 귀찮게 되었어요.

끈적끈적하게 달라붙은 풍선껌을 떼어내고서 나는 교실로 향했어요.

교실 안은 웅성거리는 소리로 가득했어요. 나는 친구들 틈으로 가서 얼굴을 빼꼼 내밀었어요. 그런데 사라졌던 민수와 태민이, 현승이가 자리에 앉아 있었어요!

꿈인가 싶어 눈을 힘차게 비벼 봤어요. 눈을 씻고 다시 봐도 분명 사라졌던 친구들이었어요.

나는 돌아온 친구들을 붙잡고 소리쳤어요.

"어떻게 된 거야! 언제 돌아온 거야?"

무섭게 소리치는 나를 보고 친구들이 더 놀란 듯했어요.

"우리가 그렇게 보고 싶었어?"

현승이의 장난에 나는 얼굴이 빨개졌어요. 그때 태민이가 이야기를 시작했어요.

"몸이 둥실 떠오르더니 우리가 풍선 안에 있더라. 풍선을 타고 어디론가 가다가 갑자기 도깨비가 나타나서 방망이로 우리 풍선을 '퉁' 하고 밀었어."

"그리고 나서 풍선의 방향이 바뀌더니 '펑' 하고 터진 거야. 정신을 차려 보니 운동장이더라고."

민수와 태민이가 경쟁하듯 이야기보따리를 풀어 놓았어요. 아이들은 신기하다는 듯 세 친구의 이야기에 빠져들었어요.

이제 돌아오지 않은 사람은 희원이뿐이에요. 희원이만 돌아오면 완벽해지는데 왜 희원이는 돌아오지 않는 걸까요?

나는 희원이의 빈자리를 멍하니 쳐다보다가 공책을 꺼내 지금껏 일어난 일들을 모두 적어 보았어요.

'초록색 풍선 - 기민이와 경희 돌아옴…….'

글을 쓰고서 나도 모르게 연필로 종이를 탁탁 치다가 선생님께 혼이 났어요.

"유나야, 수업에 집중해야지."

"아, 그거예요!"

엉뚱한 대답을 하는 나를 보며 친구들이 키득거렸어요. 선생님의 얼굴을 보는 순간, 갑자기 정답이 머릿속에 떠올랐어요. 마치 비밀의 열쇠를 찾아 자물쇠를 연 것 같았어요.

돌아온 친구들은 모두 내가 비밀을 말한 아이들이에요. 비밀을 말한 내가 풍선껌을 다시 불어서 아이들이 돌아온 거라고요!

문제는 희원이에요. 희원이가 비밀을 말했으니까 희원이가 직접 풍선껌을 불어야 해요.

희원이는 여기 없는데 어떻게 풍선껌을 불 수 있을까요? 다시 깊은 어둠이 내려앉은 것만 같았어요. 정답에 가까이 갔다가 용수철처럼 튕겨 나간 느낌이었어요.

방과 후, 윤영이는 나를 탕후루 가게로 데려갔어요.

"유나야, 내가 탕후루 사 줄게. 탕후루 먹으면 기분이 좀 나아질 거야."

나는 아무 말 없이 윤영이가 사 준 청포도 탕후루를 받아 들었어요. 탕후루를 보니 희원이 생각이 났어요.

나도 모르게 갑자기 눈물이 툭 하고 떨어졌어요. 깜짝 놀란 윤영이가 물었어요.

"유나야, 도대체 무슨 일이야. 혼자 힘들어하지 말고 나한테 말해 봐."

나는 윤영이에게 그동안 있었던 일을 모두 털어놓았어요. 친구들이 사라진 건 사실 나 때문이라고 고백했어요.

내 이야기를 다 듣더니 윤영이가 말했어요.

"유나야, 이건 어때? 희원이 대신 우리가 같이 풍선을 불어 보자."

윤영이의 말에 나는 시무룩하게 대답했어요.

"소용없어. 이미 내가 불어 봤는데, 희원이는 돌아오지 않았어."

"그래? 우리 둘이 함께 해 보면 다르지 않을까?"

윤영이의 말에 귀가 솔깃해졌어요.

나는 도깨비 상자에서 하늘색 풍선껌 두 개를 꺼냈어요. 그리고 윤영이와 입이 아프도록 풍선껌을 씹었어요. 단물이 쫙 빠지고 나서 우리는 풍선을 크게 불었어요.

너무 크게 불어서 풍선이 터지지 않게 조심조심 불었어요. 그리고 놀이터에서 가장 높은 곳으로 올라갔어요.

"도깨비야, 다시는 비밀을 함부로 말하지 않을게. 제발 희원이를 돌려줘!"

윤영이와 내가 분 하늘색 풍선껌이 풍선이 되어 하늘로 날아갔어요. 진짜 풍선처럼 하늘을 날았어요.

나는 하늘색 풍선이 도깨비 품에 닿아 희원이가 돌아오기를 간절히 바라고 또 바랐어요.

약속은 중요해!

다음 날, 나는 두근거리는 마음으로 학교에 갔어요.

'과연 희원이가 돌아왔을까?'

친구들이 한 명씩 들어올 때마다 나는 가슴이 두근거렸어요. 하지만 마지막 친구가 들어올 때까지 희원이는 교실에 나타나지 않았어요.

윤영이와 눈이 마주치자 금방이라도 눈물이 쏟아질 것만 같았어요. 화가 난 나는 가방에서 도깨비 상자를 꺼내 바닥에 던져 버렸어요.

"이놈의 도깨비 상자, 없어져 버려!"

갑작스러운 나의 행동에 친구들은 놀란 토끼눈이 되어서 나를 쳐다봤어요.

윤영이가 다가와 위로해 줬지만 소용이 없었어요. 희원이는 돌아오지 않을 테니까요. 강제희 선생님은 아무 말 없이 내 손을 잡아 주셨어요.

쉬는 시간에 정민이가 내 자리에 와서 도깨비 상자를 내밀었어요.

"유나야, 이거 내가 다 담았어. 근데 나 이거 하나 먹어도 돼?"

정민이하고는 말도 하기 싫었어요.

"네 마음대로 해."

"고마워. 이 풍선껌 진짜 맛있더라."

정민이는 내 기분도 모른 채 하늘색 풍선껌을 들고 신나게 뛰어갔어요.

쉬는 시간 내내 나는 창밖만 내다봤어요. 가만히 있

어도 눈물이 차올랐어요.

눈물방울이 풍선처럼 커져서 내 눈을 다 덮어 버렸어요. 학교 운동장의 나무도, 미끄럼틀도 모두 풍선 속에 들어 있었어요.

"유나야, 울어?"

눈물방울 사이로 희원이가 어슴푸레 비쳤어요. 나야말로 도깨비 세상에 온 것 같았어요.

눈물이 풍선처럼 '펑' 하고 터지면서 눈을 감았다 떴어요. 희원이었어요. 헛것을 본 게 아니라 진짜 희원이었어요.

"희원아!"

나는 희원이를 숨이 막히도록 껴안았어요. 희원이가 살려 달라고 할 때까지 놓아 주지 않았어요.

"어떻게 된 거야?"

나는 눈물을 닦고 희원이에게 물었어요.

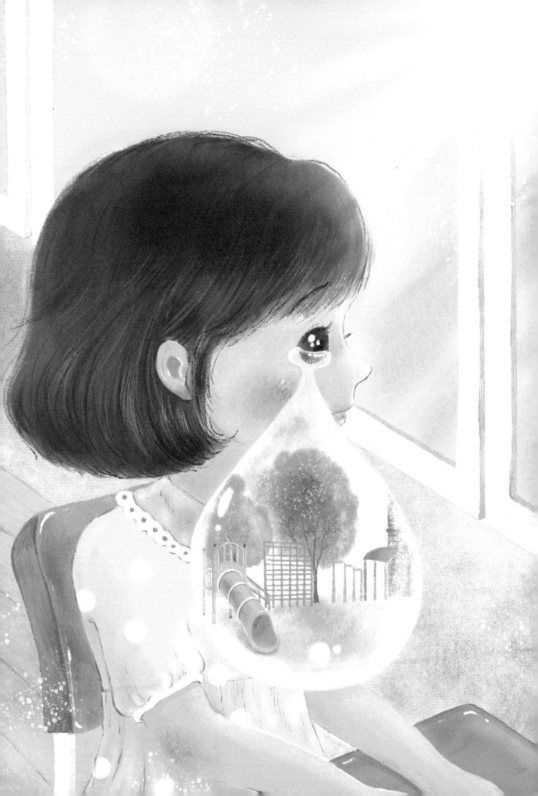

"네가 준 풍선껌을 씹고 나서 풍선을 불었는데, 갑자기 몸이 위로 붕 떠오르더니 풍선을 타고 어디론가 날아갔어."

"그러고 나서 도깨비가 나타나 방망이로 풍선을 쳤어?"

희원이의 눈이 반짝였어요.

"어떻게 알았어? 분명히 내 뒤에서 친구들이 따라오고 있었는데 어느 순간 다들 사라져 버렸어. 나 혼자서 한참 날아가다 도깨비가 나타나 방망이로 풍선을 치고 나서야 되돌아왔어."

"무섭진 않았어?"

"아니, 사실은 조금 더 날아가고 싶었는데 갑자기 풍선이 '펑' 하고 터지더니 내가 놀이터에 서 있었어."

희원이의 말에 나는 또다시 눈물샘이 열렸어요. 눈물을 펑펑 쏟고 있는 나에게 정민이가 다가왔어요.

"유나야, 그 풍선껌 어디서 산 거야? 진짜 너무너무 맛있더라."

정민이의 말에 나는 갑자기 정신이 번쩍 드는 것 같았어요.

"정민아, 내가 준 풍선껌 무슨 색이었어?"

"그거? 하늘색이었던 거 같은데?"

"풍선 불었어?"

"당연하지, 풍선껌인데 풍선을 불어야 제맛이지!"

정민이는 뭘 그렇게 당연한 걸 묻냐는 듯 깔깔 웃어 댔어요.

세상에! 정민이가 풍선껌을 불어서 희원이가 돌아왔나 봐요!

사실 비밀을 가장 먼저 전달한 사람은 바로 정민이에요. 그런 정민이가 풍선을 불었기 때문에 희원이가 돌아온 거예요.

그거였어요! 바로 정민이가 희원이를 돌아오게 한 거예요!

정민이를 쳐다보니 알쏭달쏭한 표정으로 윙크를 찡

굿하더니 자리로 돌아갔어요.

　나는 눈물이 그렁그렁한 채로 강제희 선생님과 눈이 마주쳤어요. 선생님은 나를 보며 고개를 끄덕이셨어요. 나도 같이 고개를 끄덕였어요.

　선생님이 나에게 도깨비 상자를 주신 이유를 이제야 어렴풋이 알 것 같아요. 비밀을 말한 사람이 문제를 해결해야 하는 거였어요. 사라진 친구들을 돌아오게 한 건 도깨비 상자가 아니라 결국 나였어요.

　비밀은 지키기 힘들지만, 말하지 않기로 약속을 한 거니까 지키도록 노력해야겠어요. 비밀을 지키지 않으면 또 친구들이 사라져 버릴지도 모르잖아요.

　나는 오랜만에 희원이와 손을 잡고 집으로 돌아갔어요. 희원이가 웃는 얼굴만 봐도 행복했어요.

　나는 희원이에게 그동안 못다 한 이야기를 정신없이 쏟아냈어요.

"희원아, 나 열기구 탔었다! 아주 커다란 풍선처럼 생겼는데 하늘 높이 올라가니까 구름이 꼭 손에 닿을 것만 같았어."

"열기구? 대단한데. 정말 좋았겠다!"

나는 희원이의 손을 꼭 잡으며 웃었어요.

열기구를 타고 하늘로 올라갔을 때 가장 좋았던 건 떠오르는 아침 태양이었어요. 태양이 세상을 환하게 물들이면 고요했던 세상이 깨어나요. 잠들었던 꽃도, 나무도, 잠꾸러기 바람도 모두 일어나죠.

열기구 안에서 평화로운 세상이 참 아름답다고 생각했어요. 희원이와 함께하는 지금처럼 말이에요.

나는 희원이를 보며 잡은 손을 힘차게 흔들었어요. 친구의 비밀은 꼭 지켜줘야겠다는 다짐을 하면서 말이에요.

글쓴이의 말

우리는 왜 비밀을 만들까요? 보통 남에게 알리고 싶지 않은 일이 있을 때 비밀을 만들지요. 그런데 아무에게도 말하지 않고 혼자만 비밀을 간직하기란 쉽지가 않아요.

비밀을 나 혼자만 가지고 있을 때 마음속 풍선이 커지게 되죠. 그래서 참지 못하고 누군가에게 말해 버리는 거예요.

생각해 보면 저 역시도 어릴 적 '의리'라는 말로 포장해서 소문의 당사자에게 비밀을 전달한 경험이 있어요. 그 친구도 사실을 알아야 할 것 같았기 때문이죠.

친구 사이에서 비밀은 관계를 더욱 돈독하게 만들기도 해요. 또 친구가 나 몰래 비밀을 만들면 서운한 감정이 생기기도 해요. 그래서 친구에게 귓속말로 비밀을 말하기도 하고, 나도 절대 말 안 하겠다며 새끼손가락을 걸고 약속을 해요.

친구와 이야기를 하다 보면 어느새 내 입에서 다른 친구의 비밀이 술술 나올 때가 있어요. 그러다 그 친구와 오해가 생겨 사이가 멀어지고, 화살이 나에게 돌아와 결국 내가 소문의 주인공이 되기도 하죠.

이 책의 주인공인 유나도 친구의 비밀을 말해 버렸어요. 물론 유나는 친구들을 곤란하게 할 생각은 하나도 없었어요. 하지만 친구들의 비밀을 말했고, 어쩌다 보니 거짓말까지 했어요. 여러분도 유나와 같은 경험이 있나요?

비밀은 누군가와의 약속이에요. 비밀을 아무렇지 않게 말하는 것이 누군가에게는 상처가 될 수도 있어요. 이 책을 읽고서 말의 무게에 대해 생각해 보는 시간을 갖길 기대해 봅니다.

강제희

풍선껌의 비밀

ⓒ 강제희·박현은, 2024

초판 1쇄 인쇄 2024년 11월 20일 **초판 1쇄 발행** 2024년 11월 30일
글 강제희 **그림** 박현은 **디자인** 빅웨이브 **마케팅** 이운섭
펴낸이 권영선 **펴낸곳** 내일도맑음 **출판등록** 2020년 9월 17일 제2020-000104호
주소 서울시 성동구 무학봉길49 **전화** 070-8151-0402
팩스 02-6305-7115 **이메일** flywriter@naver.com

ISBN 979-11-93461-10-5(73810)